Analyse

Chef de guerre

Louis Saillans

lePetitLittéraire.fr

Analyse de l'œuvre

Par Irina Arroyo Arias

Chef de guerre

Louis Saillans

lePetitLittéraire.fr

Rendez-vous sur
lepetitlitteraire.fr
et découvrez :

Plus de 1200 analyses
Claires et synthétiques
Téléchargeables en 30 secondes
À imprimer chez soi

CHEF DE GUERRE

UNE PLONGÉE ABYSSALE DANS LA VIE DES COMMANDOS MARINE

- **Genre :** autobiographie
- **Édition de référence :** *Chef de guerre*, Paris, Mareuil Éditions, 2021, 189 p.
- **1re édition :** 2021
- **Thématiques :** commandos marine, missions, mort, djihadisme, terrorisme, témoignage, mémoires

Véritable récit autobiographique, *Chef de guerre* est l'essai d'un ancien chef des commandos marine français : Louis Saillans. Paru aux Éditions Mareuil en 2021, cet ouvrage est un témoignage : celui du quotidien des hommes de ces unités spéciales qui, déployés en Afrique et au Moyen-Orient, risquent leur vie afin de libérer des otages, déjouer des attentats terroristes et mettre hors d'état de nuire des djihadistes. Si cette réalité imperceptible par les concitoyens de nos contrées peut faire l'objet d'une quelconque représentation mentale inexacte, Louis Saillans nous en apporte une image crue, sans filtre, aux contours nets et précis où la vigilance extrême est perpétuelle, au même titre que la menace et la mort. À travers la description chirurgicale du quotidien de ces soldats de l'ombre, l'ancien chef n'invite pas uniquement le lecteur à prendre connaissance des réels enjeux militaires auxquels fait face l'armée française, mais lui intime l'ordre de prendre part, tout comme lui, au combat contre l'idéologie islamiste radicale arpentant le sol français.

En décrivant ces dix années au sein des commandos marine, il ne fait aucun doute que Louis Saillans nous livre un projet littéraire porté par la volonté de combattre l'islamisme idéologique radical sur le sol français. Dès lors, comment ne pas remarquer la pertinence d'une telle parution, dans une France marquée par l'intrusion djihadiste, les attentats terroristes et le nombre de radicalisés en constante augmentation. Si les missions militaires dirigées par Louis Saillans ne semblent avoir que peu de liens avec les préoccupations quotidiennes des concitoyens, l'ennemi des soldats est celui qui se dresse devant les populations européennes.

LOUIS SAILLANS

ANCIEN COMMANDO MARINE FRANÇAIS

Afin de protéger les membres de sa famille et de ne pas compromettre les missions des commandos marine, le véritable nom de l'auteur ainsi que son lieu et sa date de naissance n'ont pas été révélés. En effet, Louis Saillans a recours à un pseudonyme pour cacher son identité. Ce dernier se destinait à une carrière dans l'enseignement avant d'intégrer l'armée française. Fasciné par les commandos marine, celui qui exerçait dans l'aviation militaire change d'unité et devient, cinq ans après l'obtention de son béret vert, chef de groupe dans l'armée de mer. En 2021, Louis Saillans dépose les armes et se lance dans l'écriture de *Chef de guerre*, son unique ouvrage. Le grand public découvre alors le quotidien des commandos marine ainsi que les missions mortifères qu'ils doivent accomplir.

┃RÉSUMÉ

Chef de guerre est divisé en quatorze chapitres et est également composé d'un prologue et d'un épilogue. L'ensemble du récit possède deux classifications ; ainsi, les trois premiers chapitres suivent un ordre chronologique tandis que le classement des sections suivantes est principalement thématique.

D'ENSEIGNANT À COMMANDO MARINE

Alors que son grand-père avait passé son brevet de pilote, Louis Saillans suit les traces de son aïeul et prend des leçons de pilotage lors de ses années universitaires. Cet attrait le conduit à abandonner son cursus universitaire et à passer des brevets professionnels en tant qu'élève-officier du personnel navigant durant trois ans. À l'issue des épreuves théoriques, Louis Saillans pilote de nombreux engins dont les vols lui procurent un immense plaisir. Cependant, après quelques années, le pilote se heurte à un amer constat : il n'est pas le plus doué dans l'armée de l'air française. Survient donc un changement radical : l'affectation à une nouvelle armée, celle des commandos marine. Afin d'intégrer cette unité et obtenir leur béret vert, les candidats doivent réussir un stage de commando qui dure trois mois. Louis Saillans le prépare pendant plus d'un an auprès d'un coach qui lui concocte un programme exténuant où « courir, nager, boxer, retenir [son] souffle sous l'eau, faire des tractions et des pompes » (p. 20) font son quotidien. Louis Saillans ne se contente pas de venir à bout des exercices, mais change son hygiène de vie en portant une attention particulière à son régime alimentaire et à la qualité de son sommeil.

En 2011, à Lorient, se déroule le stage auquel participe Louis Saillans ainsi qu'une centaine de candidats. Vingt-quatre le réussiront. Ces épreuves qui feront de l'auteur « un autre homme » (p. 20) sont variées, mais poursuivent le même objectif : sortir les candidats de leur confort de vie afin de tester et repousser leurs limites physiques et psychologiques. Lors des quinze premiers jours, les candidats dorment dehors, sur le sol ou sur un terrain pourvu de verdure les jours de chance. Ils sont privés d'eau courante et se sustentent de rations militaires après avoir effectué des tours de faction aux alentours de deux heures du matin. Le stage comporte trois parcours du combattant ; Louis Saillans précise que « le premier parcours est très technique, le deuxième s'achevait dans l'eau et le troisième était d'une telle intensité que la plupart des gars le finissaient en vomissant leurs tripes » (p. 23). S'ensuivent de longues pages descriptives concernant la nature des épreuves et des obstacles desquels doivent triompher les candidats. Ces derniers se déplacent à neuf mètres du sol sans aucun dispositif de sécurité en cas de chute, parcourent des distances kilométriques en portant leurs armes et leur paquetage, survivent à l'épreuve de la « cuve » (cylindre métallique de six mètres de profondeur rempli d'eau où les candidats doivent s'immerger jusqu'à en toucher le fond), etc. L'intégralité de ces épreuves plonge les candidats dans un état d'angoisse et de fatigue intenses. En cas d'échec, de nombreuses punitions peuvent avoir lieu ; des pompes jusqu'au passage au « bac ». Il s'agit d'une cuve d'eau froide dans laquelle les apprentis marines plongent habillés et équipés de leur sac. À la fin des quatre premières semaines, les deux mois suivants offrent une formation plus complète. Les candidats apprennent à tirer, à maitriser les bases de la guérilla, à évoluer dans des mises en situation plus complexes ainsi qu'à pratiquer des raids nautiques ou des exercices topographiques. L'épreuve finale consiste en une simulation d'enlèvement par des ennemis suivie par un interrogatoire musclé. Cette mise en situation d'une extrême violence n'a pas épargné Louis Saillans qui, lors de cette épreuve, a dû s'évader du bâtiment dans lequel il était prisonnier. Ainsi s'achève le stage des commandos marine à la fin duquel Louis Saillans obtient son béret vert et intègre une unité dans sa nouvelle armée. Les premières missions sont pour la plupart des interventions dans les pays d'Afrique et du Moyen-Orient dans le cadre de missions visant au maintien de la paix.

CHEF DE GROUPE : CONFRONTATIONS DIRECTES ET MENACE OMNIPRÉSENTE

Cinq ans après avoir intégré les commandos marine, Louis Saillans devient chef de groupe et coordonne des missions, le plus souvent des confrontations directes. Un an et demi après sa promotion, la capture d'un homme dans une ville africaine devient sa première intervention mémorable. Après avoir établi un plan de bataille, Louis Saillans ainsi que ses hommes se rendent de nuit sur les lieux, dans leur convoi. Munis de plusieurs armes aux descriptions précises, les soldats passent le dernier poste de garde des militaires locaux, coupent les feux de leur véhicule et circulent dans la ville grâce à leurs lunettes de vision nocturne. Sans un bruit, ils se dirigent vers l'habitation du terroriste avant d'y pénétrer et de se trouver nez à nez avec une famille endormie. Ne voulant pas les réveiller, les soldats commencent à fouiller rapidement la maison avant d'y trouver la cible. Ils la neutralisent rapidement sans qu'une réelle opposition n'ait été exercée et se dépêchent de sortir de la demeure. Si l'appréhension d'un ennemi peut se réaliser en une vingtaine de minutes, la réussite de la mission ne peut pas encore être célébrée. Dans un village ou une ville autochtones, les habitants sont fébriles lors de l'apparition des autorités françaises et une révolte peut rapidement avoir lieu. Craignant qu'un tel incident ne se produise, Louis Saillans ordonne à ses hommes de regagner sans perdre de temps leurs véhicules avec le prisonnier afin de s'éloigner le plus rapidement possible d'un lieu d'émeute. Chaque opération se doit d'être rapide, précise et ne se termine qu'une fois les soldats dans le camp des commandos marine.

Cette menace omniprésente rend caduc n'importe quel plan de bataille strict et conduit à une adaptation, une vigilance extrême de la part des soldats. Au cours de plusieurs de ses missions, Louis Saillans a dû faire face à la présence de curieux qui rôdaient autour de la zone d'intervention à la recherche de quelque information intéressante. Alors que les soldats tentent de sécuriser les lieux, ils doivent rester sur leurs gardes face à ces nouveaux venus dont ils ne savent rien et qui pourraient être des terroristes. Dans la majorité des cas, il ne s'agit que de civils, mais la vérification de leur identité se déroule dans une ambiance de tension extrême.

COEXISTENCE DES SOLDATS : ENTRE FRATERNITÉ ET OPPOSITIONS

À de nombreuses reprises, Louis Saillans évoque les relations qu'il entretient avec ses collègues de travail, désormais devenus des amis. Bien qu'ayant des profils variés, les soldats de l'unité sympathisent entre eux jusqu'à sceller une véritable alliance fraternelle. Comme le souligne Louis Saillans, les missions sur le terrain ne sont réalisées que par une seule et même entité : le groupe. Afin d'illustrer cette cohésion, le narrateur relate le récit d'une de ses missions : la capture de deux terroristes. Après plusieurs heures de vol en hélicoptère, Louis Saillans et son groupe sont déposés au sol, non loin d'un campement familial qu'ils doivent rejoindre de nuit. Une fois arrivés sur les lieux, les soldats entreprennent de fouiller les tentes avant d'interroger les habitants et de vérifier leur identité. À la suite de plusieurs heures d'inspection, les soldats ne récoltent aucun indice. Finalement, ils inspecteront la zone à partir de laquelle les deux ennemis se sont enfuis. Il s'agit d'une montagne. Commence alors une escalade où les commandos marine sont particulièrement exposés au danger malgré la présence de tireurs d'élite. Une fois au sommet, les hommes commencent les fouilles par groupe de trois ; personne ne sera retrouvé. Par ce récit, Louis Saillans affirme que les victoires et les défaites se vivent toujours ensemble.

Cependant, il arrive que l'unité connaisse des divergences d'opinions jusqu'à l'apparition du dilemme moral qu'a eu Louis Saillans. Lors d'une de ses missions, ce dernier capture un ennemi mortellement blessé et demande au médecin accompagnant de lui prodiguer les premiers soins. Persuadé que le terroriste n'allait jamais survivre, mais désirant lui accorder un peu de dignité, Louis Saillans est surpris qu'il s'en sorte sain et sauf. S'il a agi en accord avec ses convictions les plus profondes, le chef de groupe se heurte bientôt aux critiques de ses coéquipiers qui auraient préféré laisser mourir l'ennemi afin d'évacuer au plus vite la zone d'intervention. Une telle opposition idéologique fait vaciller les convictions de Louis Saillans qui se demande s'il a finalement eu raison de sauver le soldat. C'est auprès d'un de ses supérieurs qu'il trouve une réponse à ses questionnements alors que plusieurs soldats reconsidèrent l'action de leur chef avant de se ranger de son côté.

DE L'IMPORTANCE DE LA RESPONSABILITÉ

Il apparait clairement que la notion de responsabilité est une compétence que doit acquérir un chef de groupe. Louis Saillans en fait mention à de nombreuses reprises dans son ouvrage à travers quelques remarques, mais y consacre son dernier chapitre. Il s'agit d'une conclusion générale sur son engagement auprès des commandos marine, mais surtout des leçons et des compétences qu'il y a acquises. Lors d'une simulation, l'un des soldats sous le commandement de Louis Saillans commet une faute grave. Le chef des instructeurs sermonne le chef de groupe sur l'incident qui aurait eu de graves conséquences dans la vie réelle. Protestant qu'il ne s'agit que d'un soldat inexpérimenté, Louis Saillans s'aperçoit alors que la jeune recrue était sous sa responsabilité.

Ainsi, le groupe est un véritable bloc dont le chef a une entière et absolue responsabilité. Après avoir exposé cette conviction, il se hasarde à l'appliquer au monde actuel, aux individualités vivant loin de la guerre, mais tout aussi responsables de leur vie que le sont les soldats. Selon lui, chaque individu doit prendre ses responsabilités, bien que la société tende à favoriser la « dilution » plutôt que la responsabilité directe. Finalement, après avoir été responsable d'un groupe dans les commandos marine, Louis Saillans réintègre la vie civile, mais continue le combat contre la mouvance djihadiste et, en prenant ses responsabilités civiques, s'oppose à cet obscurantisme latent.

ÉCLAIRAGES

Chef de guerre a été rédigé à partir de notes prises par Louis Saillans lors de ses missions et de divers documents d'archives. Dès lors, la rédaction de ce récit est née dans un contexte géopolitique particulier qu'il convient d'appréhender afin de véritablement saisir le propos et l'ambition du livre.

LES COMMANDOS MARINE

Les commandos marine appartiennent à la Force maritime des fusiliers et commandos qui est commandée par un amiral. Les commandos sont généralement sous l'autorité du commandement des forces spéciales lors des missions extérieures. La France possède sept unités de commandos marines ; chacune étant constituée de 90 hommes et possédant ses propres spécialités. Cependant, l'ensemble de ces sept unités possède un socle de compétences commun parmi lesquelles nous trouvons le combat ou les différents modes d'infiltration. Les sept unités sont divisées en deux puisqu'il existe cinq commandos de groupes de combat et deux commandos d'appui.

Parmi les cinq commandos de combat se trouve le commando Trépel, lieu d'affectation de Louis Saillans. Aux côtés du commando Jaubert, cette unité est spécialisée dans l'assaut et le contreterrorisme maritimes, voire l'extraction de ressortissants. Au sein même de ces deux unités, plusieurs hommes forment un groupe spécialisé dans la libération d'otages par voie terrestre ou maritime. *Chef de guerre* relate principalement des missions ayant pour objectif la libération d'otages français et la capture de terroristes islamistes. C'est lors de ces missions de récupération que Louis Saillans prenait quelques notes informatives – il apparait clairement que cet exercice documentaliste ne s'effectuait pas pendant la mission de l'auteur.

Bien que la division et la hiérarchisation des commandos marine soient rigoureuses, Louis Saillans précise que son unité de commando a déjà travaillé à de nombreuses reprises avec d'autres unités, voire d'autres commandos comme les forces de l'air. De plus, il souligne également que, si chaque unité possède sa spécialité, les soldats sont de plus en plus amenés à effectuer des missions dont la nature diffère de leur expertise.

LA SITUATION GÉOPOLITIQUE

Arrivé dans les commandos marine en 2011, Louis Saillans a effectué un grand nombre de missions dans les pays d'Afrique et du Moyen-Orient. En effet, depuis une vingtaine d'années, ces forces françaises œuvrent dans ces deux vastes zones en proie à la montée du djiha-disme et du terrorisme. *Dijhadisme* est un néologisme créé à partir du mot *dijhad* – ne faisant pas référence à une pratique ou une doctrine violentes – et désigne une idéologie politique, religieuse et islamiste dont l'objectif est l'instauration d'un État islamique. Cette création lexicale apparait dans son acception moderne en 1980 lors de la guerre d'Afghanistan ; une décennie plus tard, les pensées et doctrines de nombreux penseurs islamistes radicaux donnent naissance au salafisme djihadiste qui s'étend dès lors dans le monde musulman et devient le courant de pensée dominant du djihadisme. De nombreuses organisations terroristes islamiques se revendiquent salafistes, comme Al-Qaïda. Selon les spécialistes, depuis une vingtaine d'années, la situation géopolitique des pays du Moyen-Orient est partiellement structurée par la présence et la pratique du djihadisme. Au début du XXIe siècle, le terme djihadisme se diffuse massivement à travers le monde à la suite des attentats du 11 septembre 2001. Bien que les nuances et différentes composantes du djihadisme soient peu perceptibles ou peu connues par les civils, le djihadisme est principalement considéré comme du terrorisme islamiste. Cette doctrine religieuse et politique a ostensiblement montré son visage en France lors des attentats du Bataclan de 2015.

Il y a de fortes probabilités que le lecteur de *Chef de guerre* soit sensibilisé au djihadisme terroriste depuis les attentats ayant frappé la France ou la Belgique alors même qu'il s'agissait de la réalité quotidienne de Louis Saillans pendant dix ans. En effet, composant le groupe de récupération des otages, l'ancien commando côtoyait de près les terroristes islamiques, allant même jusqu'à leur capture lors de missions meurtrières. Tout au long de son récit, Louis Saillans montre son horreur du terrorisme, ce qui le conduit à de nombreuses reprises à critiquer vivement cette idéologie religieuse, notamment en faisant des comparaisons entre les valeurs que les commandos véhiculent et celles des djihadistes.

Si l'objectif poursuivi par cet ancien commando marine est mentionné dès le début de son récit, de plus amples explications sont à trouver dans les entretiens que Louis Saillans a accordés à différents médias. Ainsi, le contexte d'écriture de *Chef de guerre* joue un rôle déterminant quant à son propos. Louis Saillans désire laisser une trace d'un quotidien qui ne se voit pas et qui est voué à disparaitre. Les notes ayant servi de canevas pour son récit sont prises à la volée, entre deux missions qui sont stressantes, intenses, voire mortelles. Elles sont imprégnées des éléments les plus marquants de la mission ou de la vie en communauté. Louis Saillans ne retient que ce qui le marque dans un paysage chaotique fait de balles et de sang où l'autre sert une idéologie religieuse assassine.

CLÉS DE LECTURE

CHEF DE GUERRE, UNE AUTOBIOGRAPHIE ?

Dès la quatrième de couverture, il apparait clairement que Louis Saillans donne à lire ce qu'a été sa réalité lors de ses années passées au cœur des commandos marine. Le livre se présente donc comme un témoignage, une autobiographie. Cela est confirmé à la lecture de la note de l'auteur commençant par : « Tout est vrai dans le récit qui va suivre » (p. 5). Il y a donc un récit d'évènements ayant réellement existé. Nous devons l'établissement de l'autobiographie comme genre narratif à Philippe Lejeune qui publia en 1975 son essai *Le Pacte autobiographique*. Ce professeur d'université se risque à donner une définition à cet objet littéraire qui suscitera beaucoup de discussions au sein de la sphère littéraire. Selon Lejeune, une autobiographie est un « récit rétrospectif en prose qu'une personne réelle fait de sa propre existence, lorsqu'elle met l'accent sur sa vie individuelle, en particulier l'histoire de sa personnalité » (Lejeune 1975 : p. 14). Cette définition remplit bien sa fonction en donnant des balises qui délimitent clairement l'objet, ce qui permet d'établir une différenciation avec les mémoires, l'autoportrait, le journal intime ou le roman.

Dès lors, *Chef de guerre* peut-il narrativement s'inscrire dans la veine autobiographique ? Contrairement au mémorialiste qui prétend être lu, car étant témoin d'évènements importants, l'auteur d'une autobiographie raconte sa vie individuelle et partage les épisodes introspectifs qui l'habitent. Si les Mémoires sont les récits d'une carrière, les autobiographies sont l'histoire d'une personnalité. Ainsi, Louis Saillans nous partage ses missions et ses expériences au sein des commandos marine français, mais dévoile pudiquement la compassion qu'il lui arrive de ressentir ou les relations qu'il entretient avec ses camarades. *Chef de guerre* semble appartenir aux deux genres narratifs sans qu'une des deux catégories soit prégnante.

Contrairement au journal intime où l'existence est narrée au fur et à mesure qu'elle advient, l'autobiographie fait l'objet d'un recul global. En cela, il s'agit d'un récit rétrospectif. *Chef de guerre* obéit à une double classification : chronologique et thématique. En effet, les trois premiers chapitres s'intéressent à la formation initiale de Louis Saillans, à son intégration dans l'armée de l'air, à son intérêt pour les commandos marine, à la préparation de son stage et à son déroulement, à l'obtention de son béret vert et à sa première mission. Cependant, la majorité des chapitres est ordonnée de manière thématique puisque chaque chapitre illustre une réalité vécue par Louis Saillans (la menace permanente, la fraternité au sein du groupe, l'importance des responsabilités, etc.). Finalement, le récit se clôt par un ultime chapitre dans lequel l'auteur partage quelques réflexions autour de l'importance de la responsabilité individuelle. Il y a donc une chronologie partielle qui inscrit *Chef de guerre* dans le genre du journal intime, mais qui reste suffisamment secondaire pour que l'ouvrage prétende à une organisation plus conceptuelle. Tout comme pour le point précédent, le récit de Louis Saillans ne peut se ranger dans un unique genre narratif.

Finalement, le sujet se doit d'être une personne réelle contrairement aux personnages des romans. L'autobiographie doit se définir comme une littérature référentielle, factuelle : une littérature non fictionnelle. L'auteur s'engage à restituer la réalité alors qu'une fiction doit produire une illusion d'imitation du monde et des êtres. *Chef de guerre* raconte la réalité d'une personne ayant réellement existé, Louis Saillans, dans des lieux référencés. Il s'agit bien d'un témoignage dont l'objectif est de faire lire, voire de faire voir et vivre, les missions et sensations des soldats.

Cependant, pouvons-nous véritablement considérer comme autobiographique un récit qui peine à majoritairement correspondre aux caractéristiques du genre ? Suite à de nombreuses réserves et critiques, Lejeune offre une nouvelle définition du genre autobiographique en 2013, beaucoup moins balisée : « On entendra ici par *autobiographie* tous les textes (récits, journaux, lettres) dans lesquels on parle de soi en s'engageant, vis-à-vis d'autrui ou de soi-même, à dire la vérité » (Lejeune 2013 : p. 5). L'autobiographie se définit comme une non-fiction, comme une littérature référentielle. Ces conditions se nouent à travers un pacte entre l'auteur et le lecteur. L'auteur prévient le lecteur que ce qu'il va raconter n'est que pure vérité. Ce moment quelque peu solennel se trouve dans les premières pages de *Chef de guerre*, dans la note de l'auteur. Louis Saillans souligne la véracité de ses propos relatés « avec la plus grande exactitude »

(p. 5). Il documente ses dires dont les sources sont ses prises de notes pendant ses missions ou des documents d'archives. Si Louis Saillans met un point d'honneur à ne dire que la vérité, il apporte quelques modifications onomastiques (le nom de ses camarades encore en mission), ne précise pas les dates et les lieux des opérations et ne restitue pas l'intégralité de certaines opérations pour des raisons de sécurité. Dès lors, si la définition du genre autobiographique fluctue à travers les époques dans une histoire littéraire qui peine à épingler cet objet protéiforme, *Chef de guerre* peut aisément se concevoir comme une autobiographie, notamment à la lecture de la seconde définition du genre de Lejeune.

CHEF DE GUERRE, UNE « ÉCRITURE PLATE » ?

Alors qu'aucun consensus n'existe actuellement dans la communauté scientifique quant à une définition exacte du genre autobiographique alors même que de nouvelles formes d'expression en « je » apparaissent, *Chef de guerre* peut revêtir un nouvel aspect en dehors de sa veine autobiographique. Afin de dégager cet aspect poétique, nous allons nous intéresser au personnage principal du récit et à l'expression de sa personnalité.

Bien qu'il en soit le narrateur, Louis Saillans n'offre aucune information relative à son apparence physique. Au vu du stage commando et des missions effectuées, nous pourrions imaginer que sa condition physique est excellente et qu'il est pourvu d'une certaine musculature. Les dix pages d'illustrations présentes au centre du livre confirment cette hypothèse et présentent Louis Saillans comme un homme de taille moyenne, aux cheveux bruns et doté d'une barbe touffue. Si Louis Saillans ne s'embarrasse pas de détails quant à son image, il se définit de bien des manières à travers son récit. En effet, il se décrit avant tout comme étant une personne combattive qui réfléchit chaque mission dans l'unique but de la mener à bien. Une victoire est pour lui un semi-échec ; il lui faut une victoire totale où tous les ennemis sont appréhendés sans qu'aucune victime ne soit blessée. Cet état d'esprit fait de lui un soldat rapide et stratège qui sait prendre des décisions cruciales dans des moments critiques. Ce chef est capable de s'adapter aux situations complexes afin de réussir sa mission. Cette ardeur pour la victoire et la justice laisse place à une excitation qui pourrait sembler peu pertinente, voire gênante, aux yeux du lecteur. En effet, à de nombreuses reprises, Louis Saillans affirme éprouver une sorte d'attente, d'euphorie à l'idée de partir en mission et se retrouve déçu lorsque cette dernière se révèle n'être qu'une simple inspection. Lors de la capture de djihadistes, il découvre un drapeau de Daesh et ressent une telle excitation qu'il décide de le garder comme trophée de guerre.

Si Louis Saillans parle en « je », nombre de ses caractéristiques sont communes à l'ensemble des membres de son groupe. Tout comme ses camarades, Louis Saillans est quelqu'un de très pudique qui ne manifeste pas verbalement ou physiquement son intérêt ou son attachement envers autrui. La quasi-intégralité des descriptions que fait Louis Saillans de lui-même est en rapport avec son travail au sein de l'armée. Cependant, nous apprenons qu'il est marié et père de deux enfants. Ne faisant que peu référence à sa vie privée, les situations maritale et familiale de l'auteur sont mises en lien avec la difficulté qu'éprouve un soldat à concilier une vie de famille épanouie et un travail dangereux. L'absence d'épanchements lyriques sur cette vie intime témoigne à nouveau de la pudeur de Louis Saillans. Cependant, il éprouve également des sentiments de compassion envers les ennemis. En effet, lors des interrogatoires, il lui arrive de ressentir de la pitié pour ces hommes qui, comme lui, se battent pour un idéal auquel ils croient sans que jamais cela ne se transforme en sympathie. Louis Saillans reste avant tout un soldat entrainé, avec une capacité de réflexion aiguisée qui ne se laisse pas facilement berner.

Bien que cela ne soit pas précisé dans le récit, nous pourrions voir en Louis Saillans un homme créatif qui, à travers les différentes photographies prises lors des missions et présentes dans le livre, prend le temps de poser un œil artistique sur le monde qui l'entoure. Si les paysages sont le sujet prégnant de ses clichés, il immortalise également ses coéquipiers en tenue de guerre ou certains moments spécifiques au cours des missions ou des entrainements.

Si cette étude de Louis Saillans semble précise, il n'en demeure pas moins que ces caractéristiques sont occasionnellement évoquées dans le récit. Louis Saillans ne parle que peu de lui, de ses sentiments et préfère laisser la place à ce qu'il vit et voit. Dès lors, *Chef de guerre* se veut un témoignage du réel. À partir de ce constat, nous sommes en mesure de définir ce que peut être la posture d'écriture de Louis Saillans. En effet, son récit partage le même objectif que le projet littéraire d'Annie Ernaux. Née en 1940, cette écrivaine française a écrit de nombreux récits autobiographiques dans un style qui se revendique « d'écriture plate ». Il s'agit d'un style d'écriture neutre où l'objet et l'humain sont décrits et définis comme tels, sans aucun jugement de valeur. Selon Annie Ernaux, il est possible de rédiger une œuvre poétique contenant des descriptions purement objectives, sans métaphores ou matériau romanesque. Ce style d'écriture sert parfaitement des thématiques plus terre-à-terre, sur la réalité qui nous entoure. Annie Ernaux aura le « désir de bouleverser les hiérarchies littéraires et sociales en écrivant de manière identique sur des objets considérés comme indignes de la littérature, par exemple les supermarchés, le RER, et sur d'autres, plus nobles, comme les mécanismes de la mémoire, la sensation du temps, etc. » (Ernaux 2003). Dès lors, *Chef de guerre* partage ce point commun avec le projet littéraire d'Annie Ernaux en tant que récit s'intéressant à un quotidien, un objet bien plus tragique que la routine des passants, mais qui est abordé dans un style neutre, descriptif, implacable, voire chirurgical. Cette volonté de montrer des éléments jugés indignes de la littérature pousse Annie Ernaux à écrire *Journal du dehors* où, s'effaçant derrière un « je » quasi inexistant, la narratrice observe et retranscrit tout ce qu'elle voit à la manière d'une caméra. Cette entreprise exige la disparition totale du narrateur qui laisse place à ses réalités quotidiennes. Au travers de l'étude du personnage principal de *Chef de guerre*, nous pouvons rapprocher la posture de Louis Saillans de celle d'Annie Ernaux. Tout comme elle, l'ancien commando parle peu de lui et tend à s'effacer, à disparaitre pour laisser la place à l'horreur sous ses yeux. Cependant, pouvons-nous réellement affirmer que l'écriture de Louis Saillans est « l'écriture plate » d'Annie Ernaux alors même qu'il ne suit pas un projet poétique ?

CHEF DE GUERRE, UN TÉMOIGNAGE ?

Il est important de souligner que *Chef de guerre* a réussi à réaliser un bon démarrage lors de sa parution et que Louis Saillans a bénéficié d'une promotion importante. Ce récit sur le quotidien des commandos marine a suscité un réel intérêt alors même que le paysage littéraire français est déjà composé de certaines autobiographies militaires comme *Marius, parcours commando* ou de nombreuses traductions françaises d'autobiographies anglaises ou américaines. Tout comme ses homologues anglo-saxons, Louis Saillans ne raconte pas simplement les décisions qui l'ont amené à choisir sa voie dans l'armée française ou les différents obstacles menant à sa qualification. Il s'attèle à décrire le plus fidèlement possible son quotidien sur le terrain, entouré de ses hommes lors de missions périlleuses. Il s'agit là de l'élément novateur et inattendu de *Chef de guerre* : la plongée dans la guerre dans la peau d'un commando marine. Comme Louis Saillans le précise dès les premières pages de son récit, son objectif est de faire découvrir au lecteur la réalité des missions qu'il ignore.

Cependant, si ce quotidien militaire demeure loin des regards et que Louis Saillans nous en donne quelques éléments, faisant de lui sans doute le premier à nous livrer ces informations, quel crédit peut-on donner à son récit ? Comme n'importe quel élément soumis à une pensée critique, *Chef de guerre* peut également faire l'objet d'un questionnement critique spécifique, notamment à travers la critique historique. Dans la discipline historique, il s'agit principalement d'une méthodologie visant à analyser de façon critique des sources documentaires. Selon Langlois et Seignobos, il existe quatre principes permettant d'établir une critique des sources qualitative (Langlois et Seignobos 1898).

Tout d'abord, la critique externe s'intéresse à la matérialité du document analysé, c'est-à-dire à son papier, son encre, son écriture, etc. Si les matériaux utilisés ne concordent pas avec les techniques de son contexte de création supposé, nous pouvons affirmer que le document est mal daté. Dans le cas de *Chef de guerre*, un tel questionnement semble futile puisque le récit a été publié dans une maison d'édition spécifique et a fait l'objet de nombreux impératifs légaux.

Apparait ensuite la critique interne qui, comme son nom l'indique, se focalise sur la cohérence du texte. Dans le cas de *Chef de guerre*, nous pourrions chercher quelque contradiction, mais notre analyse ne sera que peu fructueuse puisque nous ne serions pas en mesure de relever des inexactitudes. Pourquoi ? Parce que notre connaissance du quotidien des commandos marines et de leurs missions est inexistante.

De plus, la critique de provenance met la lumière sur Louis Saillans, l'auteur et l'origine de son récit. La véracité accordée au témoignage dépendra fortement de la personne qui le transmet puisqu'une attention particulière sera portée à ses valeurs ou ses allégeances. Ainsi, peut-on considérer Louis Saillans comme parfaitement neutre ? Il précise à plusieurs reprises avoir pitié des terroristes interrogés ou tués, ce qui démontre sa volonté de ne pas diaboliser l'ennemi. Cependant, la haine qu'il éprouve pour l'idéologie djihadiste est retranscrite au fil des pages. De manière totalement personnelle, nous pouvons donc accorder notre confiance au témoignage de l'ancien commando ou douter de sa bonne foi lors de certains passages.

Finalement, la critique de portée s'intéresse aux destinataires du texte ; dans notre cas, *Chef de guerre* s'adresse aux citoyens français. Selon le lectorat, l'auteur modifiera les éléments textuels dans un but bien précis. Louis Saillans exprime clairement sa volonté de conscientiser les Français des conséquences du djihadisme dans les pays d'Afrique et du Moyen-Orient. Il entend également combattre le terrorisme d'une manière différente, sur le terrain idéologique. Nous pourrions nous demander si *Chef de guerre* n'a pas un objectif fédérateur, une volonté de faire réagir les masses et de rallier les citoyens à cette nouvelle lutte de tous les jours. Cette supposition peut être alimentée par la nature du dernier chapitre du récit portant sur la notion de responsabilité. Selon Louis Saillans, chacun de nous est responsable de sa vie ; notre existence gagnerait à devenir meilleure si chacun prenait en charge les responsabilités qui lui incombaient. Le message quelque peu générique aurait pu n'être que classique si certains raccourcis avaient été évités, notamment concernant le manque de responsabilités des personnes dépressives.

Si *Chef de guerre* se veut être un récit véridique du quotidien d'un ancien commando, l'absence d'autres sources de comparaison dans le paysage littéraire peut rendre suspicieux le lecteur lambda qui accordera un crédit maximal ou moindre à ce qui se veut être un témoignage militaire.

PISTES DE RÉFLEXION

QUELQUES QUESTIONS
POUR APPROFONDIR SA RÉFLEXION...

- Peut-on considérer *Chef de guerre* comme appartenant uniquement au genre autobiographique ? Présente-t-il des caractéristiques propres à d'autres genres narratifs ?

- Comparez *Chef de guerre* avec *Journal du dehors* d'Annie Ernaux et *Les Gommes* de Robbe-Grillet. Quels sont les points communs entre les trois textes ? Le recours aux descriptions est-il semblable ?

- *Chef de guerre* est-il un témoignage objectif de la réalité ? Argumentez.

- L'identification à Louis Saillans est-elle possible ? L'absence de compassion chez le lecteur peut-elle être la preuve de l'échec réaliste ?

- L'absence de datation et de localisation précise et détaillée affaiblit-elle l'aspect réaliste du récit ?

- La double classification qu'opère Louis Saillans dans son récit peut-elle susciter des réactions plus intenses chez le lecteur ?

- Dans un contexte politique français instabilisé par la mouvance djihadiste, *Chef de guerre* peut-il réellement éveiller les consciences ? L'objectif poursuivi par Louis Saillans est-il réalisable ? Argumentez.

- D'un point de vue stylistique, le texte laisse-t-il entrevoir la personnalité de l'auteur ? Pouvons-nous considérer comme fécond le parallélisme stylistique entre l'écriture de Louis Saillans et l'écriture blanche de Barthes ?

POUR ALLER PLUS LOIN

ÉDITION DE RÉFÉRENCE

- SAILLANS L., *Chef de guerre*, Paris, Mareuil Éditions, 2021.

ÉTUDES DE RÉFÉRENCE

- ERNAUX A., *L'Écriture comme un couteau, entretien avec Frédéric-Yves Jeannet*, Paris, Stock, 2003.

- LANGLOIS Ch.-V. et SEIGNOBOS Ch., *Introduction aux études historiques*, Paris, Librairie Hachette, 1898.

- LEJEUNE Ph., *Le Pacte autobiographique*, Paris, Seuil, 1975.

- LEJEUNE Ph., *Autogenèses. Les brouillons de soi 2*, Paris, Seuil, 2013.

Votre avis nous intéresse !
Laissez un commentaire sur le site de votre librairie en ligne
et partagez vos coups de cœur sur les réseaux sociaux !

LePetitLittéraire.fr

- un résumé complet de l'intrigue ;
- une étude des personnages principaux ;
- une analyse des thématiques principales ;
- une dizaine de pistes de réflexion.

**Retrouvez
notre offre complète sur
lePetitLittéraire.fr**

www.lepetitlitteraire.fr

ISBN version numérique : 9782808024471
ISBN version papier : 9782808024488
Dépôt légal : D/2021/12603/63

Conception numérique : Primento,
le partenaire numérique des éditeurs.